그래서 당신

그래서
당신

김 용 택 시 집

문학동네

절망과 사랑을 찾아 헤매던 시인을 잃어버린 세월은 타락해 가고, 쓸쓸한 들녘에 봄이다.

그래서 어쩌자는 말도 없이 인간의 탐욕과 오만이 파멸의 벼랑을 향해 치달리는, 견디기 힘든 이 치욕의 지구에도

꽃이 피고 새가 운다. 새삼스럽고, 놀라운 일이 아닌가. 이 '지상'을 '헤치고' 꽃이 피고 새가 다 울다니.

나를 찾아왔던 나비와 매화 그리고 그때 불던 봄바람에게 나는 늘 '그래서 당신'이고 싶다.

'남쪽'이라는 시를 쓰고 기뻤다.

시여!

피어라.

울어라

바람아!

2006년 봄 섬진강변 觀瀾軒에서

김용택

차례

3부 그대를 기다리는 동안

1부

그래서 당신

매화

매화꽃이 피면

그대 오신다고 하기에

매화더러 피지 마라고 했어요

그냥, 지금처럼

피우려고만 하라구요

만화방창

내 안

어느 곳에

그토록 뜨겁고 찬란한 불덩이가 숨어 있었던가요

한 생을 피우지 못하고 캄캄하던 내 꽃봉오리,

꽃잎 한 장까지 화알짝 다 피워졌답니다

그
밤

그
곳

그대

앞에서

방창(方暢)

산벚꽃 흐드러진

저 산에 들어가 꼭꼭 숨어

한 살림 차려 미치게 살다가

푸르름 다 가고 빈 삭정이 되면

하얀 눈 되어

그 산 위에 흩날리고 싶었네

그래서 당신

잎이 필 때 사랑했네

바람 불 때 사랑했네

물들 때 사랑했네

빈 가지, 언 손으로

사랑을 찾아

추운 허공을 헤맸네

내가 죽을 때까지

강가에 나무, 그래서 당신

홍매

깜박 속았지
한낮에 붉은 입술
캄캄했어
눈 떠보니
가만히 닿던
그 서늘함
흔적이 없었지
거짓말이었어
꿈이었지
한낮의 꿈
붉은 너의 입술
산을 열고
돌을 열고
흙담을 열고 나와
너는
내 마음속
가장 어둔 곳에

살짝 치켜뜨는 속눈썹 같은

한 송이 꽃이었네

남쪽

외로움이 쇠어

지붕에 흰 서리 내리고

매화는 피데

봉창 달빛에

모로 눕는 된소리 들린다

방바닥에 떨어진 흰 머리칼처럼

강물이 팽팽하게 휘어지는구나

끝까지 간 놈이

일찍 꽃이 되어 돌아온다

환장

그대랑 나랑 단풍 물든 고운 단풍나무 아래 앉아 놀다가
한줄기 바람에 날려 흐르는 물에 떨어져 멀리멀리 흘러가버
리든가 그대랑 나랑 단풍 물든 고운 단풍나무 아래 오래오래
앉아 놀다가 산에 잎 다 지고 나면 늦가을 햇살 받아 바삭바
삭 바스라지든가
　그도 저도 아니면
　우리 둘이 똑같이 물들어
　이 세상 어딘가에 숨어버리든가

마른 장작

비 올랑가

비 오고 나면 단풍은 더 고울 턴디

산은 내 맘같이 바작바작 달아오를 턴디

큰일났네

내 맘 같아서는 시방 차라리 얼릉 잎 다 져부렀으면 꼭 좋것는디

그래야 네 맘도 내 맘도 진정될 턴디

시방 저 단풍 보고는

가만히는 못 있것는디

아, 이 맘이 시방 내 맘이 아니여!

시방 이 맘이 내 맘이 아니랑게!

거시기 뭐시냐

저 단풍나무 아래

나도 오만 가지 색으로 물들어갖고는

그리갖고는 그냥 뭐시냐 거시기 그리갖고는 그냥

확 타불고 싶당게

　너를 생각하는 내 맘은 시방 짧은 가을볕에 바짝 마른 장
작개비 같당게

나는 시방 바짝 마른 장작이여! 장작

그리움

바람이 불면

내 가슴속에서는 풀피리 소리가 납니다

오세요

오세요

강이 있고

산이 있는 곳

길이 있습니다

비어가는 가을 들녘 끝에 서 있으면

가슴 깊이 밀려오는 그리움이 있는

해 떨어지는

그곳

그 어느 곳에 우리가 털린 볏단처럼 서 있었지요

오세요

사랑

밤길을 달리는데
자동차 불빛 속으로 벌레들이 날아와 유리창에 부딪쳐 죽
는다

필사적이다

내 여자

나는 그대가 좋답니다

은영아! 하고 산에 대고 부르고 싶지요

은영아! 하고 바람결에다가 부르고 싶지요

나는 혼자 바람 부는 산을 보며 진짜 그렇게 부를 때가 있
답니다

그래요

꽃이 피면 뭐 헌답뎌
꽃이 지면 또 어쩐답뎌
꽃이 지 혼자 폈다가
진 사이
나는 그 사이를 오가며 살았다오

꽃 피고 지는 일 다 지금 일이지요
겁나게 질고 진
봄날이었구만요
산이 무너지고
디딘 땅이 캄캄하게 푹 꺼지는 줄만 알았지요
그래요
봄에만, 죄가 꽃이 되지요
누구든 다 그렇게
버릴 수 없는
빈 꽃가지 하나씩
마음에 꽂아두고

그래도 이렇게 또 오는 봄

가는 봄을 살지요

2부

화무십일홍

춘몽

꾸벅 졸다가 뚝 뜬 눈에 피어 있는 너는 어둔 밤을 지샌 꿈이요

다시 감은 두 눈에 따라 들어온 너는 한낮을 지낸 꿈이요

내가 다시 잠들어 너를 잊어도 너는 내게 흰 꿈이로다

꽃은 꿈이요

깜박 속은 게
꽃이라

나비

꿈에서도 생시처럼 흰 종이 위에
시를 썼다

이게 꿈이지, 이게 꿈이지 그러면서 꿈속을 나와도
시구절이 생시로 이어졌다

꽃을 따라 꿈에서 생시로 날아온
나비,

온 生이 다 환하구나

나비
날다

나비의 꿈

홀로 가만히 앉아
마당 가득한 봄볕을 바라보네

내가 있는 거냐
없는 거냐

저기 매화꽃이 피고 있구나
또 저기서는 지는구나

저것 봐라

다만,
새털처럼 가볍다

나비, 다음에 꽃

날아가는 나비

저기 어디선가 깜박 꺼지고

눈을 비비며 붉은 산당화 한 송이

피네

꽃

꽃들은 어둠 속에서 빛을 찾아 파먹고 핀다

꽃들은 햇볕 속에서 어둠을 찾아 파먹고 핀다

生生

흰 꽃 곁을 그냥 지나쳤네
한참을 가다 생각하니
매화였다네
돌아가서 볼까 하다
그냥 가네

너는
지금도 거기
생생하게 피어 있을지니
내 생의 한때
환한 흔적이로다

봄비

비가 오네요

봄비지요

땅이 젖고

산이 젖고

나무들이 젖고

나는 그대에게 젖습니다

앞강에 물고기들 오르는 소리에

문득 새벽잠이 깨었습니다

새

새 울고

비 오네

빗소리 속에

새 울고

그대 그립네

가을이 이렇게 와서

새소리처럼 머물다가

가네

저

새소리

따라가네

꽃이 피고 새가 울면

　푸른 강을 지나며 매화꽃이 피었다가 바람에 날리는 것을
보았습니다
　산수유나무 아래 앉아 산수유꽃이 피었다가 지는 것도 보
았습니다
　먼 마을에서 닭이 울고 오래된 툇마루에 살구꽃이 지는 것
도 보았습니다
　산에서 산벚꽃이 하얗게 날려오는 꿈 때문에 홀로 일어나
어둔 산을 오래 바라보았습니다.
　진달래꽃 핀 것을 보았지만 진지는 몰랐습니다
　봄맞이꽃이 피었다고 아이들이 달려와 이르데요 가보진
못했답니다
　산과 들이 빠르게 푸르러지더니
　오동나무에 오동꽃이 피어나데요
　산이 그렇게 혁혁한 공을 세우고
　달빛이 방 안까지 깊이 찾아들어 내 얼굴을 덮었습니다
　사람이 제일 무섭다는 생각을 했습니다

내 생에 한 봄이 또 그렇게 갔어요

화무십일홍

앞산

산벚꽃

다 졌네

화무십일홍, 우리네 삶 또한 저러하지요

저런 줄 알면서 우리들은 이럽니다

다 사람 일이지요

때로는 오래된 산길을 홀로 가는 것 같은 날이 있답니다

보고 잡네요

문득

고개 들어

꽃,

다 졌네

산

강물을 따라 걸을 때 강물은 나에게 이렇게 말했네
인생은 이렇게 흐르는 거야
너도 나처럼 흘러봐

하얗게 피어 있는 억새 곁을 지날 때 억새는 이렇게 말했네
너도 나처럼 이렇게 흔들려봐
인생은 이렇게 흔들리는 거야

연보라색 구절초꽃 곁을 지날 때 구절초꽃은 이렇게 말했네
인생은 한번 피었다가 지는 꽃이야
너도 나처럼 이렇게 꽃 피워봐

커다란 느티나무 아래 지날 때 느티나무는 이렇게 말했네
인생은 이렇게 뿌리를 내리고 그 자리에서 사는 거야
너도 나처럼 뿌리를 내려봐

하늘에 떠 있는 구름 아래를 지날 때 구름은 나를 불러

이렇게 말했네
인생은 별게 아니야 이렇게 허공을 떠도는 거야
너도 이렇게 정처 없이 떠돌아봐

내 평생 산 곁을 지나다녔다네
산은 말이 없네
산은 지금까지 내게 한마디 말이 없었네

호박

돌담에
호박꽃이 피고
꽃 밑에 호박이 열렸다
암꽃이다
서리가 왔다
이틀 있다가 호박꽃이 떨어지고
호박도 함께 떨어졌다

그래도
나는 기다리련다
지구에
노란 호박꽃이 담장에 피어나고
파란 애호박이 열리는
그 사랑이 올 때까지

적막

꽃 폈다
능소화 진다
한낮 불볕 속
깊이 살을 파는
생살의 뜨거움
피가 따라 흐른다
우지 마라
말을 죽이고
나를 죽이고
도도해져서
산처럼 서다

3부

그대를 기다리는 동안

오동꽃

봄의 끝을 잡고
오동꽃 피었네

내 마음 어딘가에 남은
첫사랑 연보라색 입술 자국 같은 오동꽃
떨리는 네 속눈썹에서
금방 떨어질 눈물처럼
파랗게 질린
슬픈 꽃
오동꽃

저문 산 아래 돌아앉아
봄의 끝을
부여잡고
실컷 울고 나서 본 꽃
오동꽃

그대를 기다리는 동안

나뭇가지들이 흔들거리며 햇살을 쏟아냅니다 눈이 부시네요 길가에 있는 작은 공원 낡은 의자에 등을 기대고 앉아 그대를 기다립니다 어디에서 그대를 기다릴까 오래 생각했지요 차들이 지나갑니다 사람들이 지나갑니다 늘 보던 풍경이 때로 낯설 때가 있지요 세상이 새로 보이면 사랑이지요 어디만큼 오고 있을 그대를 생각합니다 그대가 오는 그 길에 찔레꽃은 하얗게 피어 있는지요 스치는 풍경 속에 내 얼굴도 지나가는지요 참 한가합니다 한가해서, 한가한 시간이 이렇게 아름답네요 그대를 기다립니다 이렇게 낡은 의자에 등을 기대고 앉아 그대를 생각하다가 나는, 무슨 생각이 났었는지, 혼자 웃기도 하고, 혼자 웃는 것이 우스워서 또 웃다가, 어디에선지 불쑥 또다른 생각이 날아오기도 합니다 생각을 이을 필요도 없이 나는 좋습니다 이을 생각을 버리는 일이 희망을 버리는 일만큼이나 평화로울 때가 있습니다 다시, 바람이 불고 나뭇잎이 흔들립니다 그대를 기다립니다 어디서 그대를 기다릴까 오래 생각했습니다 살아온 날들이 지나 갑니다 아! 산다는 것, 사는 일이 참 꿈만 같지요 살아오는 동안 당신은 늘 내 편이었습니다 내가 내 편이 아닐 때에도 당신은 내 편이었지요 어디만큼 오셨는지요 차창 너머로 부는 바람결이 그대 볼을 스치는지요 산과 들, 그대가 보고 올 산과 들이 생각납니다 사람들이 지나가고, 차들이 끊임없이 지나갑니다 기다릴 사랑이 있는 이들이나, 기다리는 사랑을 찾아 길을 떠나는 이들은 행복합니다 어디에서 그대를 기다릴까 오래 생각했습니다 어디에서 그대를 기다릴까 오래 생각했는데, 이제, 어디에서 기다려도 그대가 온다는 것을 알았습니다 사랑합니다 당신도 세상도 저기 가는 저 수많은 차와 사람들도 내가 사는 세상입니다 사랑은 어디서든 옵니다 길가 낡은 의자에 앉아 그대를 기다리는 동안 이렇게 색다른 사랑이 올 줄을 몰랐습니다

그대를 기다리는 동안

달

그래, 알았어

그래, 그렇게

나도…… 응

그래

비가 내리네

비를 오래 바라보고 서 있는 여인을 보았습니다
푸른 비였습니다
산을 오래 바라보고 서 있는 여인을 보았습니다
푸른 산이었습니다
나무를 오래 바라보고 서 있는 여인을 보았습니다
푸른 나무였습니다
흐르는 물을 오래오래 보고 있는 여인을 보았습니다
푸른 강이었습니다
달빛 아래 오래 서 있는 여인을 보았습니다
푸른 달빛이었습니다
나는 그 여인을 오래 바라보고 있었습니다
내 마음에서 새잎이 돋아났습니다
사랑의 푸른 새잎이었습니다

편지

봄비 오는 날 뭐 한다요
책을 보다 밖을 보면 비가 오고
비에 마음을 빼앗겨
넋을 놓고
비를 보다
비 따라가던
마음이 문득 돌아오면 다시 책을 봅니다
그러다가 내 마음 나도 모르게 움직여 도로 그리 간답니다
시방 뭐 하시는지요
나는 오늘 혼자 놉니다
비를 보며, 때로 바람 따라 심란하게 흩날리는 비를 보며
혼자 놉니다
선암사 홍매가 피어나는지
선암사 홍매는 피는지
선암사 홍매는 피어버렸는지
자꾸 선암사 홍매가 궁금합니다
이끼 긴 가지 끝에 붉은 이슬처럼 맺힌 홍매를 생각하며

빗방울을 따라가다보면 빗방울들이 땅에
툭툭 떨어져 부서지며 튀어오릅니다
산이 적막하고
나도 적막하고
물이 고요하고
나도 고요합니다
고요한 마음에 피는 선암사 홍맷빛이 내 마음에 물결처럼
일어납니다
일었답니다
내 마음이 자꾸 그리 갑니다
가는 마음 붙잡아 되돌려 앉혀놓아도
마음은 자꾸 그리 달아납니다
그립고 보고 싶습니다
선암사 홍매는 한 잎 두 잎 꺼져도
내 마음에 일어난 그리운 꽃빛은 언제나 꺼질지
나는 모른답니다
나도 모른답니다

당신

작은 찻잔을 떠돌던 노오란 山菊차 향이 아직도 목젖을 간질입니다

마당 끝을 적시던 호수의 잔물결이 붉게 물들어 그대 마음 가장자리를 살짝 건드렸지요

지금도 식지 않은 달콤한 꽃향이 가슴 언저리에서 맴돕니다

모르겠어요

온몸에서 번지는 이 향이

산국 내음인지 당신 내음인지

나 다 젖습니다

선암사

그대 보고 싶은 마음 변할까봐 내 마음 선암사에 두고 왔지요

오래된 돌담에 기대선 매화나무 매화꽃이 피면 보라고

그게 내 마음이라고

붉은 그 꽃 그림자가

죄도 많은 내 마음이라고

두고만 보라고

두고만 보라고

오! 내 사랑

내 사랑 그 숲에 두고 왔네

오! 내 사랑 그 숲에 두고 왔네

봄비에 젖고 여름 햇살에 잎 무성하리

가을 달빛 빈 숲에 차고 하얀 겨울눈은 산을 그리리

내 사랑 그 강에 두고 왔네

오오! 내 사랑 그 강에 두고 왔네

굽이돌며 부서지는 흐르는 저 강에 두고 왔네

시린 가을 물소리 빈 들에 차고, 겨울 달빛 찬 산을 부르는 그 강에

내 사랑 시퍼렇게 흘려보내고 나 돌아왔네

내 사랑, 오! 내 사랑 그리운 그 숲 그 강에 두고 나는 왔네

부전나비

강 길을 따라 걸었습니다

흙바람이 일고

부전나비 두 마리 앞서거니 뒤서거니

내 앞서 날아가는

강 길을 따라 걸었습니다

피라미떼 튀어올라

내 발등을 적시는 강 길에서

남보라색 붓꽃을 만날 때까지

남보라색 붓꽃을 만날 때까지

첫사랑

바다에서 막 건져올린
해 같은 처녀의 얼굴도
새봄에 피어나는 산중의 진달래꽃도
설날 입은 새옷도
아, 꿈같던 그때
이 세상 전부 같던 사랑도
다 낡아간다네
나무가 하늘을 향해 커가는 것처럼
새로 피는 깊은 산중의 진달래처럼
아, 그렇게 놀라운 세상이
내게 새로 열렸으면
그러나
자주 찾지 않은
시골의 낡은 찻집처럼
사랑은 낡아가고 시들어만 가네

이보게, 잊지는 말게나

산중의 진달래꽃은

해마다 새로 핀다네

거기 가보게나

삶에 지친 다리를 이끌고

그 꽃을 보러 깊은 산중 거기 가보게나

놀랄걸세

첫사랑 그 여자 옷 빛깔 같은

그 꽃빛에 놀랄걸세

그렇다네

인생은, 사랑은 시든 게 아니라네

다만 우린 놀라움을 잊었네

우린 사랑을 잊었을 뿐이네

숨

서리 친 가을 아침 은행나무 밑 지날 때는 숨도 크게 쉬지
마라

강

폭설 내린 아침, 밤새워 갈아둔 먹 묻은 붓을 들고 누가 저 골짜기를 단숨에 휘돌아갔느냐 강에서 김이 다 나는구나

너

놓지 않으리
내 뼈가 부러져도
놓지 않으리
생살이 터져도
네가 올 때까지
천근 같은 이 짐을
놓지 않으리

4부

무심헌 세월

봄날은 간다

진달래

   염병헌다 시방, 부끄럽지도 않냐 다 큰 것이 살을 다 내놓
고 훤헌 대낮에 낮잠을 자다니
   연분홍 살빛으로 뒤척이는 저 산골짜기
   어지러워라 환장허것네
   저 산 아래 내가 쓰러져불겄다 시방

찔레꽃

내가 미쳤지 처음으로 사내 욕심이 났니라
사내 손목을 잡아끌고
초저녁
이슬 달린 풋보릿잎을 파랗게 쓰러뜨렸니라
둥근 달을 보았느니라
달빛 아래 그놈의 찔레꽃, 그 흰빛 때문이었니라

산나리

인자 부끄럴 것이 없니라
쓴내 단내 다 맛보았다.
그러나 때로 사내의 따뜻한 살내가 그리워
산나리꽃처럼 이렇게 새빨간 입술도 칠하고
손톱도 청소해서 붉은 매니큐어도 칠했니라
말 마라
그 세월
덧없다

서리

꽃도 잎도 다 졌니라 실가지 끝마다 하얗게 서리꽃은 피었
다마는, 내 몸은 시방 시리고 춥다 겁나게 춥다 내 생에 봄날
은 다 갔니라

무심헌 세월

세월이 참 징해야
은제 여름이 간지 가을이 온지 모르게 가고 와불제잉
금세 또 손발 땡땡 얼어불 시한이 와불것제
아이고 날이 가는 것이 무섭다 무서워
어머니가 단풍 든 고운 앞산 보고 허신 말씀이다

어머니

어머니는 새벽 강을 건너가 밭을 매셨다 호미 끝에 걸려 뽑히는 돌멩이들의 돌아눕는 아픈 숨소리가 잠든 내 등에서 다그락거렸다 젖은 돌멩이 몸에 파인 호밋자국이 강을 건너는 다리가 되었다 아프고도 선명한 그 흰 다리를 건너 나는 세상으로 나갔다

낙화유수

　머리가 허연 할머니 한 분이 마을에서 걸어나와 옷을 입은 채 강물로 천천히 걸어들어간다 허연 머리끝까지 강물에 다 잠기고, 연분홍 산복숭아꽃 이파리 한 장이 물 위로 떠 오른다 꽃잎이 일으킨 물결이 강기슭에 닿을 때, 강굽이를 돌아가던 꽃 이파리가 마을을 잠깐 뒤돌아본다

　햇살이 고운 봄날이다

이십일 년 전

나하고 사니라고 애썼네이인
사는 것이 참 금방이구만
사는 것이 바람 같은 것이여
머리맡에 앉은 어머니를 올려다보며
아버지는 자기의 일생을 그렇게 정리하셨다

이십일 년 전이었다

소두엄

집안에 일이 생기면 아버지가 꿈에 나타나셨다

어제 저녁 아버지는 소두엄을 내셨다
소가, 똥을 싸서 차곡차곡 밟은 두엄을 쇠스랑으로 푹푹
찍어
마당에 쌓았다
두엄을 다 내고 아버지는 소등을 대나무 싸리비로 싹싹 쓸
어주었다
월치*를 벗은 소 등에서도
마당에 둥그렇게 쌓인 두엄에서도
김이 모락모락 솟았다
두엄을 다 내고
새 짚을 소 막에 깔고 있을 때
노란 초가집 처마 끝으로 커다란 눈송이들이 하나 둘 내려
오고 있었다
김나는 소 등에도
김이 솟는 마당 두엄 위에도

김이 모락모락 나는 아버지 등에도
하얀 눈이 천천히 내렸다
꿈에 나타나신 아버지는 늘 말없이 일만 하셨다
논에 물을 대거나
나무를 지고 강을 건너시거나
나락을 짊어지고 들을 오시거나
파란 모를 논에 던지거나
논을 고르거나
쟁기질을 하시거나

새벽에 전화벨이 울렸다
큰어머님이 돌아가셨다

* 소 등을 덮기 위해 짚으로 엮은 나래.

마을

해가 진다 앞산 마을 뒤로 넘어간 흰 길로 하루 종일 사람 하나 넘어오지 않는다 해가 진다 산이 허리를 굽혀 강에서 손을 씻고 일어선다 까만 새들이 푸드득 난다 노랗게 마른 풀잎이 바람에 날려 서쪽 하늘 귀퉁이로 사라진다 눈이 부시다 모든 것이 이제 저 빈 길로 우수수 진다 해를 따르는 길은 없고 드디어 해가 졌다

아내가 있는 집

강가에 보라색 붓꽃이 피어납니다 산그늘이 내린 강 길을 걸어 집에 갑니다 강물이 나를 따라오기도 하고 흐르는 강물을 내가 따라가기도 하고 강물과 나란히 걷기도 합니다 오래된 길에 나를 알아보는 잔 돌멩이들이 눈을 뜨고 박혀 있습니다 나는 푸른 어둠 속에 피어 있는 붓꽃을 꺾어듭니다 깊은 강물 같은 붓꽃, 내 입술에 가만히 닿아 나를 세상으로 불러내던 첫 입술같이 서늘한 꽃, 붓꽃. 찔레꽃 꽃덤불도 저만큼 하얗게 피었습니다

물 묻은 손을 치마에 닦으며 그대는 꽃같이 웃으며 붓꽃을 받아듭니다
나, 그리고 당신

단풍

단풍아 죽어라

단풍아 피를 다 토해버리고

죽어라

다시는 오지 말거라

박달나무도 나도밤나무도 오리발나무도 뿔나무도 솔 이파

리도 다시는 내게 단풍으로 오지 말거라

이 가을에는 살아 있는 것들 다 죽어라

죄

들자니 무겁고
놓자니 깨지겠고

무겁고 깨질 것 같은 그 독을 들고 아등바등 살았으니
산 죄 크다

내 독을 깨트리지 않으려고
세상에 물 엎질러 착한 사람들 발등 적신 죄
더 크다

詩

    아침에 일어나 앉아 신문을 펼친다 신문지에 박힌 모든 글자들이 허물어져 흩어지더니, 개미떼처럼 새까맣게 줄을 지어 찢어진 장판지 속으로 들어가버린다 순식간이다 꾸물거리며 제일 늦게 들어가는 글자 하나를 얼른 잡아 텅 빈 흰 종이 위에 놓는다 '詩'자다

어디에다 고개를 숙일까

어디에다가 고개를 숙일까

아침 이슬을 털며 논길을 걸어오는 농부에게

언 땅을 뚫고 돋아나는 쇠뜨기풀에게

얼음 속에 박힌 지구의 눈 같은 개구리 알에게

길어나는 올챙이 다리에게

날마다 그 자리로 넘어가는 해와 뜨는 달과 별에게 그리고

캄캄한 밤에게

저절로 익어 툭 떨어지는 살구에게

커다란 나무 아래에서 둥그렇게 앉아 노는 동네 아이들에게

풀밭에 가만히 앉아 되새김질하는 소에게

고기들이 왔다갔다하는 강물에게

호미를 쥔 우리 어머님의 흙 묻은 손에게

그 손 엄지손가락 둘째 마디 낮에 나온 반달 같은 흉터에게

날아가는 노랑나비와 흰나비와 제비와 딱새에게

저무는 날 홀로 술 마시고 취한 시인에게

눈을 끝까지 짊어지고 서 있는 등 굽은 낙락장송에게

날개 다친 새와

새 입에 물린 파란 벌레에게

비 오는 가을 저녁 오래된 산골 마을 뒷산에 서서 비를 다
맞는 느티나무에게

나는 고개 숙이리

포구

시인들은 떠났다
시인들이 떠난 자리에
시의 시체들이 널려 있다
혁명의 찬란한 아침을 거닐자던 시인들은
자신들을 위한 혁명을 완수하고
나무 대신
새로운 세기의 양지 쪽에 등을 기댔다
권력은 부패하고
자본은 총을 들고
제국은 살찌리라
배불러 등이 썩어가는 시인들은
밑도 끝도 없는 세계를 떠돈다
시가 식어버린 세상은
얼마나 뭣 같은가
오랜 세월 희망은 시인들의 것이다
아니, 혁명은 영원히 시인들의 것이다
거부하고 저항하라 망명하라 세상의 절망에 가 닿아라

시인이 어찌 사랑을 버리랴
시가 어찌 자유를 탕진하랴
오!
지구의 푸른 포구로
은어들이 떼지어 돌아온다
경배하라
노래하라
시여!

'고은네' 집

군산 미룡동 친구 집에서 자는 날이면
나는 아침 일찍 일어나 시인 고은 집에 갔다
오토바이를 타고 갈 때도 있었고
타박타박 걸어서 갈 때도 있었다
진달래꽃이 피어 있을 때도 있었고
먼지가 일 때도 있었다
어머니가 혼자 살고 있었다
"그려, 여그가 고은네 집이여! 썩을 놈."
내가 썩을 놈인지
고은이 썩을 놈인지 지금까지도 나는 모른다

고흥

기억이 가물가물합니다.

바다에 닿은 비탈 밭에는 파들이 파랗게 자라고 있었습니다. 언덕에 자리잡은 작은 초등학교 종소리가 바다로 퍼졌습니다. 친구는 그 학교 선생이었고, 나는 그 친구 하숙집에서 며칠 묵었지요. 아침저녁으로 밥상에는 꼬막과 쪽머리 지은 쪽파가 올라왔습니다. 하얀 꼬막 껍질들이 돌담 위나 돌담 아래 쌓여 있기도 하고 마당에 등을 보이며 하얗게 박혀 있기도 했습니다. 상에 오른 쪽파의 하얀 머리와 똘똘 만 푸른 파줄기와 마당 여기저기 흙 속에 박힌 하얀 꼬막들이 눈에 선합니다. 며칠이었는지 몇 밤이었는지 나는 거기서 지냈고 밤에는 파도 소리에 잠이 깨어 뒤척였습니다. 내 마음과 몸을 어디 내려놓을 수 없었던 스무 살 젊은 날이었습니다.

친구가 학교에 가면 나는 바닷가를 돌아다녔습니다.

손 내밀면 손에 잡힐 듯, 눈 들면 눈에 닿을 듯한 마을 앞 작은 섬에도 파가 파랗게 자라고 있었습니다. 남쪽으로 기울어진 작은 섬, 몇 채의 초가집 마당가 검은 바위에 파도가 가만가만 가 닿는 모습 때문에 나는 눈물이 나려고 해서 고개를 푹 숙이고 오래오래 앉아 땅에 박힌 흰 꼬막 껍질 속에 담긴 흙들을 손톱 때를 파듯 파고 있었습니다. 그 바닷가에 두고 온 내 외로움이, 쓸쓸함이 지금도 흰 파뿌리 끝에 가 닿고 있 겠지요.

1970년 어느 봄,
그립습니다.

삶

내가 가는 길에
눈길 가 닿을 티끌 하나
겁먹은 삭정이 하나
두지 마라

김용택

1948년 전북 임실에서 태어나 1982년 '창비 21인 신작시집'『꺼지지 않는 횃불로』에「섬진강1」등을 발표하며 작품활동을 시작했다. 김수영문학상, 소월시문학상을 수상했다. 시집『섬진강』『맑은 날』『그대, 거침없는 사랑』『그 여자네 집』『나무』『연애시집』『속눈썹』『키스를 원하지 않는 입술』『울고 들어온 너에게』 등과 산문집『그리운 것들은 산 뒤에 있다』『김용택의 섬진강 이야기』(전8권)『인생』『사람』『오래된 마을』『아이들이 뛰노는 땅에 엎드려 입 맞추다』『김용택의 어머니』『심심한 날의 오후 다섯시』, 동시집『콩, 너는 죽었다』『내 똥 내 밥』『너 내가 그럴 줄 알았어』 등이 있다.

그래서 당신

ⓒ 김용택 2006

1판 1쇄 | 2006년 4월 10일
1판 13쇄 | 2023년 5월 30일

지은이 김용택
책임편집 조연주 오경철
저작권 박지영 형소진 최은진 오서영
마케팅 정민호 김도윤 한민아 이민경 안남영 김수현 왕지경 황승현 김혜원 김하연
브랜딩 함유지 함근아 박민재 김희숙 고보미 정승민 배진성
제작 강신은 김동욱 임현식 | 제작처 한영문화사(인쇄) 경일제책(제본)

펴낸곳 (주)문학동네 | 펴낸이 김소영
출판등록 1993년 10월 22일 제2003-000045호
주소 10881 경기도 파주시 회동길 210
전자우편 editor@munhak.com | 대표전화 031)955-8888 | 팩스 031)955-8855
문의전화 031)955-3576(마케팅) 031)955-8864(편집)
문학동네카페 http://cafe.naver.com/mhdn
인스타그램 @munhakdongne | 트위터 @munhakdongne
북클럽문학동네 http://bookclubmunhak.com

ISBN 89-546-0135-9 02810

www.munhak.com

문학동네 시집